El pingüino
TAKY

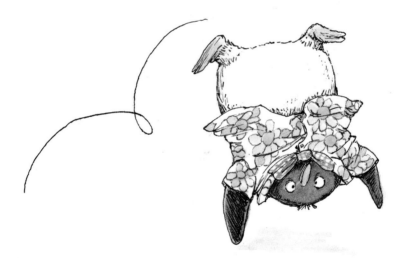

Helen Lester
ilustraciones de Lynn Munsinger
traducido por Yanitzia Canetti

Houghton Mifflin Company
Boston

Libros escritos por Helen Lester e ilustrados por Lynn Munsinger

The Wizard, the Fairy, and the Magic Chicken
It Wasn't My Fault
A Porcupine Named Fluffy
Pookins Gets Her Way
Tacky the Penguin
The Revenge of the Magic Chicken

www.houghtonmifflinbooks.com

Library of Congress Cataloging-in-Publication Data

Lester, Helen.
Tacky the penguin/Helen Lester; illustrated by Lynn Munsinger.
p. cm.
Summary: Tacky the penguin does not fit in with his sleek and graceful companions,
but his odd behavior comes in handy when hunters come with maps and traps.
ENG RNF ISBN 0-395-45536-7 ENG PAP ISBN 0-395-56233-3
SPAN RNF ISBN 0-618-12530-2 SPAN PAP ISBN 0-618-12531-0
[Penguins—Fiction. 2. Behavior—Fiction. 3. Individuality—Fiction.]
I. Munsinger, Lynn, ill. II. Title.
PZ7.L56285Tac 1988 87-30684   [E]—dc19 CIP AC

Printed in the United States of America
WOZ 10 9 8 7 6 5 4 3 2 1

Érase una vez un pingüino.
Su hogar era una bonita tierra helada
que compartía con sus compañeros.

Sus compañeros se llamaban
Amable, Adorable, Ángel, Correcto y Perfecto.

Y él se llamaba Taky.
Taky era un pájaro extravagante.

Cada día, Amable, Adorable, Ángel, Correcto y Perfecto
se saludaban de una manera respetuosa y cortés.

Taky los saludaba con una fuerte palmada en la espalda
y con gran escándalo: —¡Hey, qué pasa?

Amable, Adorable, Ángel, Correcto y Perfecto marchaban
siempre:

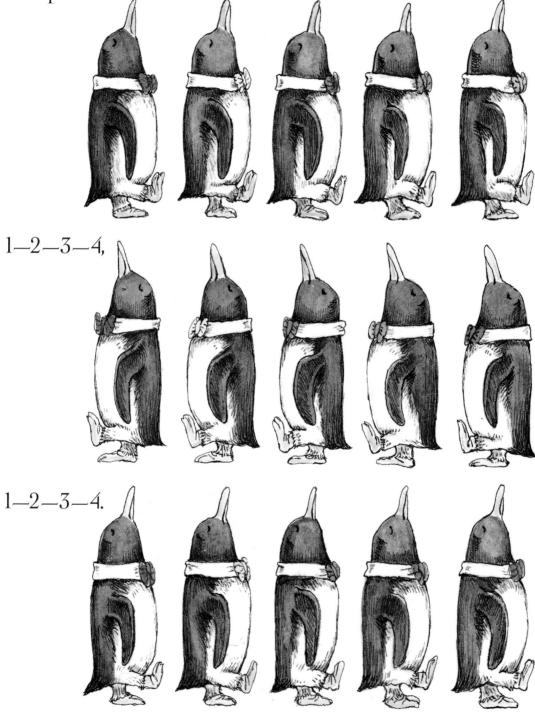

1—2—3—4,

1—2—3—4.

Taky siempre marchaba 1—2—3,

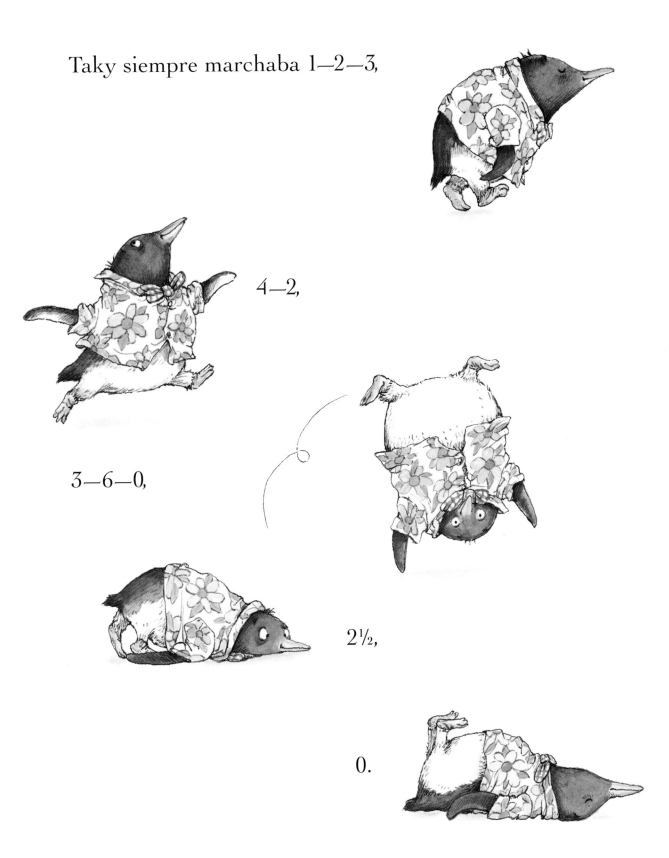

4—2,

3—6—0,

2½,

0.

Sus compañeros se zambullían con gran estilo.

A Taky le gustaba hacer un tremendo chapoteo.

Amable, Adorable, Ángel, Correcto y Perfecto
siempre cantaban hermosas canciones como
"Las mañanitas".

Taky siempre cantaba canciones como
"Tin marín de dos pingüé".
Taky era un pájaro extravagante.

Un día, los pingüinos escucharon el *pam…pam…pam…*
de unos pasos a lo lejos.
Eso sólo podía significar una cosa.
Los cazadores habían llegado.

Venían con mapas y trampas, con piedras duras y cerraduras,
y eran rudos y forzudos.
A medida que el *pam…pam…pam…*
se acercaba, los pingüinos podían
escuchar las roncas voces que cantaban.

"Vamos a atrapar a unos lindos pingüinos,
y los cazaremos con unos palos finos,
y los venderemos a un dólar y pico,
¡y así nos haremos ricos, ricos, RICOS!"

Amable, Adorable, Ángel, Correcto y Perfecto
salieron corriendo asustados.

Y se escondieron detrás de un bloque de hielo.

Taky se quedó ahí paradito.

Los cazadores fueron directo hacia él, cantando,

"Vamos a atrapar a unos lindos pingüinos,

y los cazaremos con unos palos finos,

y los venderemos a un dólar y pico,

¡y así nos haremos ricos, ricos, RICOS!"

—¿Hey, qué pasa? —chilló Taky mientras le daba una estruendosa palmada en la espalda a uno de los cazadores.

—Venimos a cazar pingüinos. Eso es precisamente lo que pasa —gruñeron ellos.

—¿PINGÜIIIIIINOS? —preguntó Taky—. ¿Se refieren a esos pájaros que marchan en fila correctamente?

Y entonces marchó:

1—2—3,

4—2,

3—6—0,

$2\frac{1}{2}$,

0.

Los cazadores observaban extrañados.

—¿Se refieren a esos pájaros que se zambullen con tanto estilo? —preguntó Taky.

Y entonces él armó un tremendo chapoteo.
Los cazadores observaban empapados.

—¿Se refieren a esos pájaros que cantan hermosas canciones?
Taky empezó a cantar, y desde atrás del bloque de hielo
se escucharon las voces de sus compañeros.
Todos cantaron tan alto y tan espantosamente como pudieron.

"TIN MARÍN DE DOS PINGÜÉ, CÚCARA MÁCARA TÍTERE FUE"

Los cazadores no podían soportar aquel horrible canto.
Aquélla no podía ser la tierra de los lindos pingüinos.
Se echaron a correr, tapándose las orejas con las manos,
dejando atrás sus mapas y trampas, sus piedras duras
y cerraduras,
y no parecían para nada rudos y forzudos.

Amable, Adorable, Ángel, Correcto y Perfecto
abrazaron a Taky.
Taky era un pájaro extravagante
pero un pájaro estupendo para tenerlo como amigo.